이 위험한 경계

이 위험한 경계

詩와 色 동인시집

(강정숙 외 지음)

살림터

■ 차례

강정숙

〈詩와 色〉을 만들다

백양목이 아름다운 연세대학 교정에서 이 시대의 사오
정 몇이 만났습니다. 남들은 한창 해외 여행이며 골프
따위에 열을 올릴 때 우리들은 어둑한 골방에 모여들었
습니다. 마치 한 시대의 문학이 우리 손끝에 달려 있는
양 두 손을 부여잡고 결의를 빛냈습니다. 이름하여 〈詩
와 色〉의 탄생이었습니다.

각자 주어진 생활의 높낮이가 다르고 지향하는 삶의
좌표도 다릅니다. 허나 좋은 시를 쓰고 말겠다는 그것
하나로 쉽게 뭉칠 수 있었습니다. 우리는 우리의 짧지
않은 생활인으로서의 내공을 보여 줄 수 있는 시, 깊은
침전의 과정을 통해 불순물을 걸러 낸 청명의 시세계를

지향하고자 합니다.

　매주 만나 치열하게 토론했습니다. 그렇게 벌써 일 년 반이란 시간이 흘렀습니다. 우리 일곱은 '돌이'와 '순이'와 '자야' 들로 지칭되며 각자의 색깔대로 시를 쓰고 있습니다.

　먼저 우리의 야돌이, 윤일균을 소개할까 합니다. 그가 '야돌이'가 된 것은 들의 사내, 대지의 사내이기 때문입니다. 식물 도감이 따로 없습니다. 그가 바로 식물 도감이지요. 온갖 사물의 이름을 줄줄이 꿰고 있는 모양새를 보노라면 모두가 입을 벌리고 서 있을 수밖에 없습니다. 마찬가지로 그의 글 역시 늘 생거름 냄새가 납니다. 이 땅 곳곳에 스며 있는 거름 냄새야말로 우리들 뼛속에 스며 있는 본향의 냄새이자 자궁의 냄새이겠지요. 그가 살아온 세월의 냄새는 온통 거기에 가 닿아 있습니다. 그의 시들은 한결같이 묵은 항아리의 된장같이 질퍽하고 구수합니다. 그의 리듬은 거개가 4음보이지요. 우리가 슬플 때나 즐거울 때 저도 모르게 흥얼거리게 되는 민요 가락의 그것입니다. 경쾌하며 또한 넉넉한 그는 남보다 조금 큰 체구를 가졌으면서도 여리고 예민합니다. 들녘의 작은 풀 한 포기에도, 무논의 개구리밥에도 그만의 독특한 사유와 시선을 부여하는 힘도 거기에서 나오지요. 또한 그의 가슴 속에는 누구보다도 많은 방들이 있습니다. 그 여러 개의 방들이 각기 다른 기능을 발하는지 때론 웃지 않고 못 배길 말들을 쏟아 내는가 하면 때론 큰 오라버니같이 다감하고 자애롭습니다. 술좌석이 심심할 것을 염려하는 분이 있다든가 구수한 고향 얘기를 듣고자 하는 분이 있다면 언제든지 연락하셔도 좋을 분입니다. 먹고 사는 일에 누구보다 열심인 그는 오늘도 을지로 러시안 골목의 '고향집' 네온 아래 구수한 된장찌개를 끓이고 있습니다. 그는 이 땅의 제일 가는 농촌 시인이 되려고 합니다.

다음은 우리의 '톡자', 〈시와 색〉의 주춧돌이기도 한 이혜민을 소개할까 합니다. 그가 톡자가 된 것은 톡톡 튀는 발상 때문입니다. 가히 십대 소녀의 발상을 가지고 있다 할 수 있지요. 그의 눈매가 말하듯이 그의 글도 매섭게 빛날 때가 많습니다. 그의 글은 삶의 밑바닥에 닿아 있습니다. 어눌하면서도 격정적인 이유도 거기에 있습니다. 그는 시를 거칠게 몰아칠 때가 많습니다. 시를 잘 만들기보다 가슴으로 토해 내기 때문이 아닐까 싶습니다. 동시에 그의 가슴에는 타자를 향한 한량없는 배려의 미덕이 내재되어 있습니다. 그의 톡톡 튀는 발상과 상상력은 우리들을 깜짝깜짝 놀라게 합니다. 사물의 뒷

면을 바라볼 줄 안다는 거, 그가 천생 시인으로 살 수밖에 없는 고귀한 이유입니다. 그리고 그는 늘 씩씩합니다. 드물게 시부모님을 잘 모시고 살지요. 진솔하고 따뜻한 그의 성격대로 며느리 노릇을 썩 잘하고 있는 듯합니다. 그도 먹고사는 일이 밥 끓여 누굴 먹여 주는 것이라서 분당에서 음식점을 경영하고 있습니다. 일의 속성상 그가 시와 만나는 시간대는 늘 새벽입니다. 그런 연유로 그의 글이 생동감 넘치는 것인지도 모르겠습니다. 특히 그의 집은 우리 동인들의 아지트 겸 춥고 배고플 때 비벼대는 언덕이기도 합니다. 그는 아프고 소외된 사람들에 대하여 남다른 관심을 가지고 있습니다. 그의 시 세계도 그런 계층을 싸안고, 웃고, 울고, 넘나드는 데에 있습니다. 거칠지만 가감없는 드러냄의 덕목이 삶의 밑바닥을 휘둘러보는 심성을 키우게 된 것인 줄 압니다.

〈시와 색〉의 똥돌이, 이민우를 소개합니다. 그가 '똥돌이'가 된 것은 동안인 점, 조용하면서도 형형한 눈빛을 가지고 있다는 점, 아이같이 맑고 깨끗한 마음의 눈으로 사물을 접하고 있다는 점 때문입니다. 도포는 입지 않았지만 그는 영락없는 사대부가의 도련님입니다. 드물게 고운 모습도 그렇지만 언제나 반듯하고 청량합니다. 또한 우리들이 혹 한눈을 팔기라도 할라치면 그는 단호하게 훈계합니다. 그러기에 그의 시에서는 청량한 물방울 냄새가 납니다. 네루다는 물 한 방울의 상상력으로 지구라는 별이 만들어졌다고 했지만 그의 동심적 상상력은 그것을 넘어섭니다. 그의 동심적 상상력은 너무도 맑고 투명하여 읽는 이로 하여금 부끄러움을 갖게 만들지요. 『꼭꼭 숨어라 머리카락 보일라』라는 그의 첫 시집 제목처럼 그의 시세계는 사뭇 동화적이면서도 간단치 않은 깊이가 있습니다. 이즈막에 그는 새로운 변신을 꾀하고 있는 중입니다. 그도 이제 어른이 되고 싶은 모양입니다. 그는 지금 인천시청에 근무하고 있습니다. 혹 지하철역이나 안내판에 인천시청의 이름을 단 청량한 글귀가 눈에 띄거든 이민우의 짓이라고 생각하면 틀림이 없을 것입니다.

다음은 우리의 범자, 권영옥을 소개합니다. 그가 '범자'가 된 것은 '범생이'이면서도 범상한 면을 동시에 지니고 있어서입니다. 그의 글은 늘 이중적 구조를 지니고 있는 듯이 보입니다. 투박하면서도 날렵하다든지 토속적이면서도 세련된 표현이 넘친다든지 말입니다. 그의 성씨가 말해 주듯 그는 엄격한 집안의 딸입니다. 또 안동이 고향이라는 점도 그것을 뒷받침합니다. 그예 그의 내면은 별 흐트러짐 없이 또박또박합니다. 사업하랴 공부하라 시 쓰랴 일인다역의 그가 때론 안쓰럽고 위태로울 때도 있습니다. 늘 시간에 쫓기고 만나면 제일 먼저 자리를 뜨기 때문입니다. 그는 셔츠의 목단추를 끝까지 채우는 사람입니다. 잘 드러내지 않는 뽀얀 목선의 솜털 속에 뜨거운 열정을 숨겨 놓고 있으면서 아주 천천히 조금씩 보여 주고 있는 사람이지요. 때로 뜨겁고 때로 냉철한 성품은 〈시와 색〉의 안살림을 잘 꾸려가는 데도 한몫하고 있습니다. 그가 있는 곳에 흐트러짐은 없습니다. 단단한 열정, 빈틈없는 열정, 순정무구한 열정이 있을 뿐이지요. 우리 중 가장 많은 시편을 남길지도 모르는 이유도 거기에 있습니다.

우리의 은순이, 유성애를 소개합니다. 그가 '은순이'가 된 것은 은은한 향내와 함께 은근한 고집도 한몫하기 때문입니다. 여자가 보기에도 그는 참 고운 사람입니다. 그의 시도 그러하지요. 반듯한 외모와 잔잔한 미소가 매력인 사람이며 우리 중 가장 속 깊은 사람이기도 합니다. 말씨도 조용조용하지요. 그러던 그가 최근의 글에서는 관능성을 드러내기도 합니다. 그런데 그 관능성마저도 은은하게 품어져 나오지요. 그는 영락없이 은순이입니다. 그의 시는 주변적인 사소함에 깊이 천착됨을 보여 주고 있는 듯합니다. 그의 사소함은 우리네 삶의 본질적

측면을 아우르고 있는 사소함입니다. 그가 민주화의 성
지 광주에서 태어나고 자란 것도 거기에 한몫을 하고 있
는 것 같습니다. 타자를 배려하는 마음이 몸에 배어 있
고 일탈에 대한 꿈을 가장 많이 꾸고 있기도 합니다. 그
것은 자신의 시를 한 단계 더 끌어올리려는 은순이로서
의 기질이 서서히 발동하고 있기 때문인지도 모릅니다.
우리들의 들뜸을 차분히 가라앉혀 주기도 하는 그는 우
리 중 가장 오랫동안 시를 붙들고 씨름을 할지도 모른다
는 생각입니다.

　동인 중에 가장 기가 센 양순이를 소개합니다. 그의 이
름은 정복순. 그가 '양순이'가 된 것은 양극단의 기질을
동시에 지니고 있기 때문입니다. 그는 겉으로나 속으로
나 자신도 예측 못하는 폭발적 에너지를 갖고 있어 우리
를 늘 긴장시킵니다. 어찌 보면 그는 분열적 이중 구조
를 가진 현대인의 기질에 가장 근접해 있는 듯 보이기도
합니다. 그의 글쓰기는 양날의 칼처럼 극단을 치닫곤 합
니다. 사물에 대한 그의 추론은 냉정하면서도 세련돼 있
고, 가끔은 너무 무거워 힘들어 보일 때도 있습니다. 그
는 분리된 자아의 핵 속에 함몰되고자 남다른 사투를 벌
이고 있는 듯합니다. 우리 중 가장 문제의 글을 쓰게 되
리라 늘 기대하게 만드는 이유입니다. 그의 가슴에는 여

러 갈래의 길들이 뻗쳐 있는 듯합니다. 어느 길로 매진
하게 될지 아무도 모릅니다. 하지만 그의 길이 큰 폭우
에도 끊어지지 않는 튼튼한 길이며 끝없이 펼쳐진 길이
라고 우리는 굳게 믿고 있습니다. 이 또한 그가 보여 준
문학에 대한 열정과 사유의 깊이 때문이지요. 동인들을
향한 그의 문제 제기는 우리 동인을 보다 더 살아 있게
만드는 요인으로 작용합니다. 혹 〈시와 색〉 동인이 이십
년, 삼십 년을 간다면 필시 그의 공일 터입니다.

　마지막으로 저를 소개할까 합니다. 저는 우리 동인에
서 '떡순이'로 불리고 있습니다. 덕이 많다며 붙여 준
별명이지만 정작 자신들이 부려먹기 좋아서 그런 것이
라고 생각하고 있습니다. 저는 시의 입문도 늦었지만 매
사가 느립니다. 머리 돌아가는 것도 느리고 행동 반경도
그러합니다. 가장 한국적 가정의 구조 속에서 살아온 탓
이겠지만 돌다리도 두들겨 보고 건너는 성격을 가지고
있습니다. 하지만 가슴은 누구보다 뜨겁다고 자부합니
다. 남보다 늦었다는 불안감이 저를 더 열정적인 사람으
로 만들고 있는지도 모릅니다. 저의 좌우명은 '신중하
게, 그러나 뜨겁게'입니다. 매사에 열심인 사람이고 싶
습니다. 저는 어떻게 하면 〈시와 색〉을 잘 이끌고 갈 수
있을까, 한국 근현대문학사 속에서 숱하게 명멸해 가는

동인들을 보면서 어떻게 하면 의미 있는 동인, 오래 가는 동인이 될 수 있을까 하고 고민하고 있습니다. 뜻이 맞는 사람들이 모인 게 동인이라고 하지만 서로를 긴장시키는 동인, 끊임없이 공부하는 동인, 그래서 취미의 차원을 넘어 한국 문단에 일조할 수 있는 동인을 꿈꾸고 있습니다. 저는 개인적으로 시조를 통해 입문했지만 자유시 공부도 게을리하지 않고 있습니다. 시조의 형식미와 자유시의 분방한 사유를 어떻게 잘 조화시킬 것인가를 탐구하고 있기도 합니다. 저는 현재 〈시와 색〉의 상머슴입니다.

강정숙

전자 우편 : miso_200@hanmail.net

별똥별

뿌리 없이 서 있는 잎새처럼 세상은 시들했다
불거진 나무들도
새살을 감추느라 한껏 구부러졌다
나는 그가 흩어진 자리에 성호를 그었다

학비를 버는 방법은 많지 않았다
그는 늘 하얗게 질려 있었다
과도한 정신의 혹사는 육체의 시듦임을 몰랐던 우리는
털털거리는 버스 안에서
볼펜 자루와 맞바꾼 그의 자존심이
입술 위에 허연 버캐로 남던 것만 기억한다
동전 몇 닢과 교환한 얼굴의 두께를
손바닥으로 쓰윽 문지르며
빳빳한 칼라 깃을 목까지 잡아당겨
다음 차를 기다리고 섰는 그를
나는 버스 정류장 미니 슈퍼 앞에서
딱 한 번 보고 말았다
오빠만은 공부를 해야 한다 믿었던

어린 누이들이
고무공장으로 건빵공장으로 흩어질 때
굴뚝을 솟아오른 검은 연기에
나날이 말라 가는 그의 잎맥을 우리는
눈여겨보지 않았다 그의 어깨에 별을 심어 놓고
어서 북극성처럼 반짝이기를 기다렸다
두 목을 곧추세워 뛰기만 했던 그는
서른 문턱에서 스러졌다

빗물에 씻긴 산비탈은 싱싱하다
난 오래도록 그 길을 걸어 내려왔다
노을 속에
붉은 물방울이 대롱,

적요

붉은 칸나와
목백일홍이 일가를 이룬 곳에
새 한 마리 와서 앉습니다.
놀라 휘어지는 나뭇가지,
후드득 꽃비듬 떨어집니다
떨림이 멎고, 다시 선에 드는
목백일홍
그 눈,

그 회화나무

그 읍성 탱자나무 울타리 아래에서
당신을 처음 보았습니다

한때는 폭풍에도 당당했던 허리 안쪽을
우두커니 적시며
무릎 아래쪽으로 흘리고 섰던 당신은
구부러진 발가락 사이에 철심을 꽂고 있었습니다

백내장 마이너스 시력을 견디며 완성된
당신의 베스트셀러는
한 生 분량의 짙은 피가 배어 있었습니다.

비 그치고 잠시
햇살 한 줌 머물러 나는
그 예고 없는 당신의 부음을 듣습니다만
성벽 밖 못물의 가장자리를 타고 오른
안개 혼령들은 낄낄거리며
당신의 머리칼을 솎아 내기 시작했습니다

마른 눈꺼풀을 내려놓지 않았습니다
참으로 내겐,

한 곳으로 우우 비켜 가는 저 빛살의
오만을 용서한다는 것이
간단치가 않습니다.

나쁜 그림

아버지, 술항아리 속 때꼽 낀 붉은 눈사위에
벌컥벌컥 물 쏟아 넣던 아버지
저녁상 시든 야채 같은 엄마한테 물사발을 던진다
모서리를 세울 틈도 없이 엄마 얼굴엔 피가 흥건하다
손에 잡힌 걸레로 엄마의 핏구멍을 막으며
어린 딸은 아비를 노려본다. 죽어라 어서 죽어라 빌어
본다

그 엄마 시름시름 앓다가 일찍 죽던 날
됫병 소주로 끼니 삼던 아버지,
머리카락이 댓발로 늘어져 있다. 어린 딸은 가위를 들고
잠든 아비 머리칼을 싹뚝싹뚝 자른다,
가위손이 발발 떤다

스무 해도 더 묵은 일이다
내리내리 가위손은 꿈속을 헤매었고
아직도 아비의 머리끝엔 피가 줄줄 흐른다.
곱게 접은 흰 무명 수건으로 피를 닦던 난

주방에 걸려 있는 가윗날을 숫돌에 대어 본다
흉터 자국이 움푹하다. 부르르르 몸 떤다
아침 햇살에 반짝, 가윗날 속엔
아버질 죽이면서 닮은 핏발 선
내 눈이 숨어 있다

그 포자 속엔 무엇이 들어 있을까

그 남자 머리칼은 늘 재스민 향이 묻어나고
그녀 푸른곰팡이 가지 끝마다 꽃을 피워 대고
둘은 이름 없는 둥근 아이들을 만들어
두둥실 하늘로 띄워 올린
흐린 어느 가을 날

독기란 삼키는 것이 아니라
뱉어야 하는 것이라고
목구멍까지 차오른 울음을 후훅
한 호흡에 날리며
이혼 서류에 꽝 지문을 찍은 후

이쯤에서 찢어지는 거야
서로를 쪼개는 거야

불구가 된 몸통과 웃자란 손가락에
붉은 인주를 지우고
칼과 저울의 여신상을 지나서

그녀는 자유를 게걸스레 먹는다
남자는 오래 된 숫돌을 달빛에 비춰 본다.

하늘로 떠다니던 덜 자란 아이들이
후두둑 떨어져 나뒹구는 저녁녘,
갈라진 문틈 사이로
눈 뜨고 날아가는 잇몸 파란 씨앗들

등꽃 필 때

고택의 등나무 아래 누워 있는 개가 있다
집처럼 오래된 그 개는 조금 전 어미가 되었다

팔들이 몽땅 잘린 수종에 등을 대고 지붕 위로 넓게 올
라간
나무의 둥글고 푸른 둘레에는

씨방에서 부풀리어 막 터져 나가려는 낱낱의 망울들이
그늘에 안겨 보랏빛 입매를 달싹이고, 그 순간

햇살의 부신 손이 개의 배를 쓰다듬자
개는 소리 없이 해산을 했다

양수를 삼키고 흔적을 지운다 아픔보다 빨리 새끼를
핥는다
자궁을 쓰다듬는 빛의 손길 따라 나무 밑동도 뜨거워
져

등꽃이 핀다 왼종일 핀다. 무얼 피울 턱 없는
고택의 낡은 몸도 문득 아랫도리가 젖는다

기둥인 동안, 끈인 동안

그대 내 아랫목에 발을 디밀고
어제는 웃더니 오늘은 우시나요

그대를 두고 돌아오는 그 길은
드넓은 황무지였습니다.
그곳에 작은 등나무 기둥 하나를
심어 두었습니다.
기둥은 흔들림 없는 당신입니다.
기둥에 저를 묶었습니다.

나무가 자라고 풀이 우거지면
초록의 신들이 쉬어 가겠지요.
날개 젖은 새들이 깃들겠지요.

먼 훗날
그 등꽃나무 의자에 기대어 내가
가없이 흔들릴 그날
당신은 나무 그늘에 앉아 시원한

물 한 잔을 내게 떠 주십시오
그 물이 채 내 몸 속으로 들어가기 전에 가만히
입술을 적시게 해 주시고

그대의 숨소리에 취한 나는 점점
당신의 바다에 허방을 짚습니다

나는 당신이 쥐고 있는 줄의
높낮이에 따라
날아오르기도 떨어지기도 할 것입니다
당신은 끈 드리운 채로
내가 있는지 없는지 흔들어 보곤 하겠지요.
나도 내 기둥을 당겨 보겠습니다
감겼다가 한없이 풀어지겠습니다

인도에는 꼭 가시려는지요?

보르헤스에게 사랑을 배우다

한 번도 울어 본 적 없는 그녀
웃어 본 적 없는 그녀는
동트는 빛살 속
아슴프레 다가온 먼 나라 눈먼 시인
보르헤스를 만나
눈물을 배웠다 그는
보이지 않는 눈으로
그녀의 가장 어두운 곳을 보아 주었다

한 번도 사랑해 본 적 없는 그녀
사랑받아 본 적 없는 그녀가
그의 손에 이끌려
숲속방 초록 나뭇잎처럼
춤을 추다가
달빛 창틀에 기대어
자신의 몸을 가만히 어루만진다.

마른 입술을, 젖은 눈동자를

조그만 젖가슴을 쓸어 본다

스스로의 손끝에 일어선
모공과 솜털과 구멍마다 고여 있는
축축한 물기를 만져 보고 아!
살아 있는 육체의 고백을 듣는다

흉터 없이 흐르는
시간은 없다

바닥에 오물만 묻혀 놓고 사라진
아이스크림 한 통으로

햇살 밝은 마루에 검불처럼 눕는다.
따뜻한 쪽을 향해 노곤노곤 잦아든다
녹는다. 나는 없어진다

한나절이 가고 캄캄한 밤이 되어
집은 저 혼자 일어나 불 켠다
나갔던 식구들 철커덕
대문 따고 들어온다

엄마, 여보.

어디로 갔을까.
모두들 한바탕
마당으로 골목으로 부르러 다니고
찾아도 없는 엄마와 여보. 나는
한 방울 얼룩인 채 그들을 듣는다.

내가 없어진 세상
놀램과 의혹이 난무할, 그러나
곧 잊혀질 세상

그리움과 원망과 분노로 채워질
그곳을 나는
개수대 땟국이 되어 듣고 듣는다.

환승역

오후 세 시 지하역. 황사바람 가고 나는
흐린 불빛 아래 겉장이 보풀대는
책을 읽고 있어요.
책갈피 안쪽으로 아이들이 지나가고, 먼지 이네요.
따끔거려 눈 감아요.
내 눈꺼풀에 푸른 물살이 흔들려요.
나는 한 마리 어린 물고기가 되었어요
진초록 수초에 매달려 흡입판을 들이밀고
떨어지지 않으려 연구 중예요.
저쪽에 왜가리 한 놈 걸어오네요.
긴 목을 주억이며 성큼성큼 다가와
내 몸을 찍어요.
붉은 피가 번져요.
아픈 몸 숨기려 나는 수초 사이로 묻혔어요
상류에서 스티로폼 조각 하나 떠내려와요.
나와 왜가리 먼저 타려고 허둥거려요.
배를 놓치고 우린 한꺼번에
물 속에 처박혀요

햇살이 빤짝여요. 아이가
구멍을 파고 있고 흙탕물 차오르고 가물가물
아이 얼굴이 사라지고
가라앉은 스티로폼 조각배
하얗게 탈골되어 바스러져요 나는
점점 자라 어른이 되고
모래바닥에서, 물구덩에서 늙어 가요.
내 무덤 둥둥 떠요.
수초꽃 피고 왜가리 다시 오려면
얼마나 더 오래 기다려야 할까요.
눈 뜨니 내 동그란 눈물샘에
갇혔던 사람들
개찰구로 다 빠져 나갔네요.
나는 그만 환승역을 놓치고 말았어요

권영옥

전자 우편 : dlagkwnd@hanmail.net

계란에 그린 삽화

어머니는 계란 든 상자를 옆집에 피신시키고는
부엌에 무질러 앉았다

빈 쌀뒤주 속에 굵고 실한 계란이 쌓이면
열 개씩 볏짚으로 엮어 상자 안에 조심스럽게 담았다
그런 밤이면
알사탕만 한 주판알을 튕기며
깨알 글씨로 뭔가를 써내려 갔고
어느 단어에선가 멈춰, 오랫동안 한숨을 쉬었다

연탄 꺼진 지 오래된 아궁이에는
탈 것이 더 이상 없는 재만 뼈처럼 남아
어머니의 가슴 밑바닥 바스러진 냄새와 함께
흰 이 드러낸 웃음까지도 석고상이 되었다

학교를 가야 하나, 말아야 하나
아지랑이 따라 옆길로 새고 싶다는 생각을 하는 사이
눈바람보다 깊은 꽃샘바람은

가족 각각의 상처를 헤집으며 고름을 만들어 갔다

달력에는 빨간 크레용으로 계란을 그린
가압류 통보 날짜가 내일로 임박하고 있었다.

쇠똥구리

강원 둔내 리조트, 칼바람 속에서도
밤낮으로 눈을 밀어 올린다

원주역 구내 반평 신문지 위에
설익은 새우로 자던 나를
가끔 와서는 빵 하나 쥐어 주며
의지하자던 둔내 노인 꾐에 빠져
삶의 절반을 눈 위에서
죽죽 밀리거나, 멋대로 엎어지고
나머지는 덩어리 눈을 밀어 올리며
산중턱을 몇 번씩 오르내린다

이젠 그 싫던 산꼭대기까지
내 남은 생을 떠밀고 올라가리라
울엄니 내게 들려주던
아기별 헤죽이며 내려온다는
산꼭대기 큰 소나무 전설을 잡으러

자식을 얻고 싶다
동글동글 말린 쇠똥 껍질 속에서
까만 눈 반짝이며 폴짝 뛰어내릴 똥구리
오늘따라 밀어 올린 눈이
시렁대에 개켜 놓은 새 이불 같다

능소화

낮 동안 게슴츠레하던 눈이
뭣에 홀린 것처럼 번뜩인다
달빛도 지쳐 가는 침상 아래
색색 숨 고르는 그녀 눈을 보는 순간
어느 누구에게도 느끼지 못했던
야릇한 형광불빛에 감겨
내 손이 입을 먼저 막고 있었다
그녀는 싼 웃음 흘리는 불나방이었다
오랜 습성에 길들여진 손은
날렵하게 내 온몸을 꽁꽁 묶었고
곧바로 꽃물을 입 속에다 부었다
몸 구석구석 전달시키지 못해
안달난 내 안의 허기증,
민춤하게 바닥에다 꽃물을 흘렸다
이눔아, 이 한심한 놈아
바람 한 줄기 휙 치고 지나갔다

봄날을 간다

방 아랫목이 타 들어가는 데도
장기판에 정신을 놓고 있다
두부 한 모 위엔 김치가 송송 썰어져 있고
사방이 찌들어 코를 쥐는 게이네 방
삭은 형광등 아래 어른 너댓 분이 둘러앉아
하루는 엿치기판
하루는 판돈 싹쓸이해 술국상이 돌려진다
닷새에 한 번씩 찾아오는
소장수 최씨 아저씨가
대구 약령시장 이야기며
상주 수박농사 이야기를 풀어 놓자
보리밭에 소 오줌 부을 생각도 않고
아버지 도시 이야기에 날밤을 새운다
그 집 앞 문중묘에 민들레 갓털 날리는 밤
데님 풀어지는 줄도 모르고
아버지 달을 쳐다보며
보릿논 갈아엎고 수박농사나 해 볼까 한다

청계사 와불상님 전상서

한쪽 귀 접혀도 들리지요
저기 큰길 건너 백운저수지 옆에
낮에도 빨간 불 흔들리는 모텔 있지요
더 추운 날이 저수지에 내려앉을 거라면서
가시버시 붕어들 밤낮없이 올라와
방방마다 팔딱팔딱 뛰고
우묵한 데, 불룩한 데, 가리지 않고
지느러미 쳐대는데요
좋은 물은 저수지에만 있는 게 아니라고
중년 버시붕어, 처녀붕어 꼬셔 와
배에 王자 근육 있다고 힘주는데요
그놈도 그놈 기분 있는지라
딱 한 번만이라도 좋으니 침 바르고
난리법석 떠는데요
한 번 건너 버린 강에 발 물 담그기 싫고,
가사에 속세때 끼면 땡중 되듯이
힘부치게 말해도 들어먹지 않는데요
서로 엉키는 눈빛 남달라 궁합을 보니

금성이 수성을 돕는 형국이라
더 무성하게 자랄 것만 같은데요
저들 바람끼 어찌 잡을 수 있을까요
둘 합쳐 행운수 될 팔자라면 또
어찌해야 할까요

거미의 집

무덤 하나를 만들었다

줄에 눈물 두어 방울
모서리엔 피가 맺혀 있었다

온몸 구멍 숭숭한 너의 집
하늘 땅 사이 비바람 다 통과시켜야 한다

저리다 목이 마르다
죽을 때까지 기둥이며 이엉 얹어 가야 한다

집이 둥글다
마침내, 무덤 하나를 만들었다

지하새

암왜가리들이 번호표를 붙이고 앉아
숫왜가리들의 손가락 끝을 바라보고 있었다
숫왜가리 한 마리 엄지손가락으로 내 번호표를
콕, 찍는 것이었다
늦밤, 삭은 둥지로 들어갔다
실핏줄 벌겋게 일어선 우리들 숲속 둥지 안에서
오랜 잠에 빠져들었다 우리는
서로를 얼비추는 태양이었다 물먹은
보석이었다
쭉 뻗은 발밑으로 가을 산물이
찰랑찰랑 물무늬를 치며 흘렀다
명치끝이 아려 왔다 난 잠시 헛구역질을
해댔다 배가 점점 불러 왔다 난
늦도록 산아래를 굽어보고 있었다

복사골 아줌마 무도기

싸이키 조명 속에 몸 따로 마음 따로 흔들던 순흥 복사골 아줌마들은요 지루박이 흘러나오자 스테이지에 전속제비 한 마리 올려 놓고 지지배배 지지배배 애달피 우는데요 보다 못한 구례 갈매마을 박씨 아저씨, 네꼬다이 찍 잡아당기더니 요손 조손 마구 잡아 돌리는데요 둔한 운산댁이 따라갈 리 있나요 그로부터 한 세 시간 지났을까요 웅성대는 소리에 바깥을 보니 그 댁이 앰뷸런스에 실려 웽웽 꽃벌로 날아가데요

성춘이 형

목공부 작업 반장 성춘이 형은
틈만 나면 공구를 닦았다
어둠 속에서 그는
동공이 더 커지는 체질이었다
사글세방 꼬마 전구 아래 엎드려
나에게 일본말 가르쳤다
작업 공정이랑 연장들이 다 일본말이었다
서른 살에 비행기 타고 일본으로 갔었다
회사 생긴 이래 실내 건축 공부하러
유학 간 기능공은 성춘이 형밖에 없었다
그 형 말이라면 사장님도, 전무님도
하이 하이, 고개 끄덕이며 들었다
벚꽃 잎이 바람을 탱탱 감고 떠도는 날
물결다방 미스 김 치마에도 벚꽃잎 묻어 있어
그것 떼어 녹차 속에 띄워 줘도
눈은 벌 쏘듯 산 너머에 가 있었다
나도 옆에 앉아 풀숲을 쏘다니는
이른 여치의 울음소리 들었다

형이 바지를 털며,
니는 마, 저게 노랫소리로 들리나
아이다
아이다,
비단뱀 허물 벗는 소리다
멀리 봐라, 그런 어려운 소리 했다

길이 멀다

뭍을 기어오르려는 민숭 달팽이 등껍질이
불안하다

바람 부는 곳으로 쑥대밭처럼 엉키던
선실 속 아내를 엿본 적 있어
간질병이라 애써 눈 감았던 그날이
거품 뿌그적거리는 달팽이를 보는 순간
몸으로 착 조여 온다

뻘을 뒤집어쓰고 헤맸던 걸까
배 아래, 툭툭 불거진 아내의 살점을 깔고
삶의 설렁줄을 벼랑까지 끌고 갔던 걸까

신혼 여행에서 돌아오던 저녁
담장 밑에 앉아 코스모스 꽃잎을 똑똑 떼던
그때와 같이
발판을 오므리지도 못한 채
바다와 뭍의 경계선에

정지된 화면으로 종일 떠 더듬이 세우는,

무슨 일 있나
네게,

유성애

전자 우편 : ysa1961@hanmail.net

기찻길 옆 그 방

계림동 철길 옆에 산 적이 있지. 부엌문 열면 쇠비린내 혹 달려드는 집, 순전히 방값이 싸다는 이유로 덜컥 이사를 하고 그래도 오막살이는 아니니 다행이라며 위로하던 언니의 방. 철길 옆 펌프 샘은 지금도 거기 있는지 몰라. 무더운 여름 밤 미적지근한 수돗물이 성에 안 차 길어다 쓰던 작두 물, 온몸에 좌악 소름이 끼쳐 나도 모르게 이히히, 신음 소리가 나던. 가시내들은 양 손에 바께쓰를 들고 시커먼 철길을 겁도 없이 걸었을까. 발을 헛디딘 새앙쥐가 비명을 지르며 떨어질 때면 잠 속의 우리가 질러 댄 비명 소리에 천장이 다 들썩거리던 그 방. 기적 소리 삑삑대는 새벽녘, 언니는 서울 가는 기차를 타고 나는 엄마에게로 달려가는 꿈을 꾸던,

소금꽃

무한의 출렁거림을 가둔 경계에서
수차(水車)가 돈다
간조와 만조 사이 수평선 어질머리에도
단 한 번 멈춘 적 없는 노동
여물지 않은 꿈들이 부르르 솟구쳤다가
거품을 물고 사그라지는 곳
파도의 등쌀에 이리저리 휘둘리며
생의 중심을 탕진한 딸들이 그렁그렁
얼룩진 이력을 달고 돌아오던 날
아비는 기꺼이 바다의 시지프스가 되었다

사라지는 것들은 다만 눈앞에서 멀어지는 것
시간이 시간을 밟고 있다
어제와 오늘을 말하는 것은
검게 그을린 뺨과 욱신거리는 발목
수차가 한 바퀴 돌 때마다
몽실몽실 꽃이 핀다

가거라, 가서 제대로 한 세상 피워 봐야지
서해 바다 타는 노을에 행여 뭉그러질까
삽질 서두르는 아비가 서운한 꽃들
품속엔 바다를 오려 넣고
헐값에, 헐값에만 실려 나간다

아이타 페아 페아 *1

달나라는 지나치게 환상적이죠
처음이자 마지막일지도 모를 당신과 나의 휴가엔
꽃섬에나 갈까요

사철 이름 모를 들꽃이 수다를 떠는 꽃섬엔
텅 비운 가슴 하나만 가져가면 되죠
어렵게 구한 달나라행 티켓이 마음에 걸린다면
투자할 땅을 물색 중인 부자에게 비싼 값에 팔아
타히티로 가요
다 식은 줄 알았던 심장이 마구 요동쳐요
우리가 한때 연인이었던 것
부부가 아닌 것은 얼마나 다행인가요
멀리 바다가 보이는 야자수 그늘에서
운좋게도 늙은 화가와 마주친다면
당신과 나의 지갑을 털어 그 중 가장 비싼 그림을 사고
그의 젊고 아름다운 연인을 위로하겠어요
지구 반대편에서 밤낮으로 미사일이 날아다니는 거
아프리카 어디에선 수만 명의 아이들이 굶어죽는 거

우리에겐 그저 슬픈 뉴스 중 하나일 뿐이지만
그래도 내 기행문 곳곳에 주문처럼 적혀 있는

아이타 페아 페아, 아이타 페아 페아

온 세계에 이름을 날린 화가가
영양 실조로 죽고 태평양을 건너온
타히티의 여인들[2]
그녀의 커다란 눈망울에 박힌
아, 꽃섬……
뱃머리에 한 발을 올려놓고
내릴까? 망설이는

[1] aita pea pea : '걱정 마라' 는 뜻의 타히티 말

[2] 폴 고갱의 그림 제목

위험한 기계

기계는 용케도 고장 한 번 없었다
다닥다닥 즐비한 단추를
식구들은 신기하게도 잘 기억해 낸다

기계는, 시간 맞춰 밥을 짓고
기계는, 설거지를 하고
기계는, 운동화를 빨고
기계는, 와이셔츠를 다리고
기계는, 집안 구석구석 먼지를 털고
기계는, 매주 목요일 밤에 분리 수거를 하고
기계는, 모르는 사람들과 몇 시간씩 수다를 떨고
기계는 또다른 기계에서 돈을 뽑아 장을 보고
기계는, 바쁜 주인을 대신해 축의금이나 부조금을 돌
리고

철따라 옷을 갈아입을 줄도 아는
가끔 기계가 아닌 척 몸을 덥혀 사랑을 하고
어쩌다 게으름을 피우기도 하지만

제대로 한 번 멈춰 선 적은 없는
완전히 멈춰 버릴 수도 있는

나는 수혈을 거부한다

살을 섞은 다음 날은
내 몸 속의 피가 눈에 띄게 줄었다

백짓장 같은 심장을 발견하자
용의주도하게도 너는
내 가장 튼실한 혈관을 골라
콸콸 뜨거운 피를 흘려보냈다

놀라 우왕좌왕하는 것들을 꾀어
몸 밖으로 몰아 낸 후 더욱 샅샅이
내 몸 속을 훑었다
발버둥치는 외곬 나의 피

치열하게 혹은 지리멸렬하게
전쟁은 아직 끝나지 않았다
오늘의 싸움은 어제보다 조용하고
내 피는 점점 희미해지고
아니, 네 피가 확연히 또렷해져서

내 것이라곤 낭창낭창
손에 잡히는 살뿐
이제 나는 더 이상의 수혈을 원치 않는다
너와 연결된 혈관을 싹둑
가위질하고 싶다

살을 섞은 다음 날은
없다, 내가 없다

아버지의 날개

봄이면 아버지는 나와 동생을 자전거에 태우고 울퉁불퉁한 들길을 달리곤 했다. 향긋한 냉이며 쑥 들이 코끝을 간지르는 봄 속으로 털털거리며 돌아오는 길, 저 많은 나비들은 다 어디서 나오는 거예요, 추운 겨울을 잘 견뎌 낸 번데기만이 봄이 오면 맘껏 하늘을 날 수 있단다, 아버지의 자전거는 훨훨 함평 천지 골목골목 안 가는 데가 없었다. 짐칸 위의 집채만 한 담배 꾸러미는 아버지의 거대한 날개였다. 자전거가 밤늦도록 보이지 않던 날 어둠 속에 터덜터덜 돌아온 아버지의 자전거 바퀴에 묻은 황토 흙은 내 기억 속에 달라붙어 오래도록 지워지지 않았다. 이 달엔 밀린 하숙비 좀…… 큰오빠의 풀죽은 전화 목소리에 맥없이 내려앉곤 하던 아버지의 어깨, 그날 생전 처음으로 나는 노랑나비가 되어 낯선 도시의 하늘을 날아다니는 꿈을 꾸었다

수줍음 많고 내성적인 계집아이에게 봄은 그리운 이름만 늘어 가는 것이었다 화려한 날개를 찾아 떠난 조무래기들 재잘거림을 자운영 꽃잎에게서 들으며 나의 봄은

붉게 물들어갔다. 나는 언제부턴가 나비가 되는 꿈은 더
이상 꾸지 않게 되었다

　나비는 없고 순전히 사람 구경이제, 나비축제에 모여
든 인파 속에 오롯이 구경꾼으로 서 계신 아버지, 굼뜬
발길엔 먼지만 풀풀 피어오르고 그 많던 나비는 다 어디
로 숨었을까, 검은 아스팔트길 위에 아버진 말없이 먼
산만 바라본다. 조그맣고 삐투름한 어깨 위로 포로롱,
흰 날개에 검은 점이 선명한 나비 한 마리 힘주어 유채
꽃 속으로 사라져 간다

밤의 이중주

영화 채널 화면은 해변의 정사로 뜨겁게 출렁거린다
차가운 정적에 포위당한 화면 밖,
오랜 발기 불능의 나는 기척이 없다
아내의 숨소리 째깍째깍
시계의 초침 소리 엇박자로 커진다

눈을 감아 보아도 나는 잠들 수 없다
언제부턴가 낮은 야금야금 밤을 갉아먹고 있다

날짜를 넘긴 책상 위의 서류 뭉치들이
쉴 새 없이 짖어 대는 휴대 전화기가
낮과 밤의 경계를 흐트려 놓는다

나는 하루 종일 인터넷에 접속되어 있다
그곳에서 나는 날마다 새롭게 태어난다
나의 공간은 늘 하나의 빛이 배경으로 깔려 있다
빛은 나를 쉽게 세상과 손잡게 한다

낮과 밤을 딱 반반씩 갖고 싶다는
아내는 밤을 꼬옥 끌어안고 잠들어 있다
가끔 아이처럼 벙긋 웃기도 한다
형광불빛이 나의 밤을 까발리고
잠든 아내의 얼굴을 훔치고

이제 밤새 부풀려진 대낮이 나의 몫이다

회산 백련지*

　연꽃 보고 싶다던 어머니는 연못 입구에 내리자마자
앉을 자리부터 찾는다 꽃구경일랑다리짱짱할때나하는
것이제, 마른 나무 껍질 같은 손을 설레설레 내젓는다
고장난다리부릴데라고는그저저승뿐이랑게, 불그죽죽
핏줄 도드라진 정강이며 쭈글한 장딴지가 영락없는 속
빈 홍두깨다 몇 남지 않은 신경 세포들이 발광하듯 뼛속
에 길을 내고 있는 거다 발설 못 한 통증의 씨앗들이 그
허연 길을 뚫고 나와 막판에 붉은 꽃 터뜨린 거다

　수려한 꽃잎에 탄성을 쏟아 놓고 연못을 한 바퀴 휘 돌
아오는 사이, 활짝 펼친 연잎 위에 쌔근 잠이 든 어머니,
못 속에 구멍 숭숭한 연뿌리 하나 둥둥 떠 있다

* 전남 무안군 일로읍에 있는 동양 최대 백련 자생지

내 라일락꽃

내 라일락꽃은 화약 냄새가 나
몇 해째 졌다가 다시 피어도
숨이 턱 막히지

내 라일락꽃은 보랏빛 피를 흘려
탄알 하나에 고목이 휘고
탄알 하나에 한쪽 눈이 멀고
탄알 하나에 온 도시가 아수라장인 스무 살의 봄
주인 없는 캠퍼스 곳곳에서
낯선 구둣발에 뭉개지던 꽃잎들
상처투성이 제 몸을 날려
흙 속의 뿌리를 다독거려 주었던가

이듬해 봄 그 이듬해 봄에도
라일락은 태연히 꽃을 피웠어
나는 알 수 없는 향기에 이끌려
꽃그늘로 가
어스름이 되도록 멍하니 앉아 있곤 했는데

낯익은 하얀 벤치 위엔
꼭 그만한 그림자가 있어
별안간 주먹을 불끈 쥐었다가
두 손으로 머리를 감싸고 울부짖는 사내
숨어서 바라만 보다가 나는
황급히 오고 말았는데

매캐한 탄알도
사내의 그림자도 없는
빈 벤치 위에 뚝뚝
떨어지는 저 보랏빛 살점들
봄 여름 가을 겨울
눈 감으면 숭어리 숭어리 피는
내 라일락꽃

너무 늦은 저녁식사

몇 달째 너의 귀가는 점점 늦어지고 있다. 오늘처럼 온몸에 취기가 묻어 있는 날은 손수 저녁상을 차린다. 냉동실에서 고기를 꺼내고, 나의 비밀스런 서랍을 뒤져 냅킨을 찾아낸다. 냅킨은 여러 겹으로 잘 개켜져 있고, 오래 된 흑백 사진처럼 누렇게 변색되었다. 급하게 해동된 고깃덩어리의 아래쪽에 검붉은 핏물이 흥건하다. 탄력이라곤 없는 고깃덩이를 검지로 살짝 건드리자 가장자리로부터 천천히 녹아들기 시작하고, 날이 잘 선 칼을 골라 든 너는 슬슬 요리를 시작한다.

물기 없는 고기의 살점이 식도를 지날 때마다 너는 가벼운 경련을 일으킨다. 표정 없던 얼굴이 잠깐 일그러진다. 해일처럼 덮쳐 오는 피로와 싸우며 네가 고기의 살점을 우적우적 삼키는 동안, 나는 죽은 듯이 누워 식사가 끝나기를 기다린다. 차곡차곡 쌓이는 빈 접시들, 주린 날짐승처럼 그것을 다 먹어치운 너는 곧 깊은 잠 속으로 빠져든다. 둘만의 저녁식사가 언제였더라? 뜨거운 마음 하나로 보글보글 끓어오르던, 너에게서 내게로 온몸

쩌릿하게 전해지던 포만감은……

　텅 빈 접시마다 넘실대는 나의 허기, 목젖까지 차오르
는 공복감, 생각의 고삐는 얼음장처럼 팽팽해진다. 이제
이 차가운 것들로 나는, 살기 위해 나만의 식탁을 차려
야 한다

윤일균

전자 우편 : ikoonyoon@hanmail.net

가뭄

발동기 휘발유 냄새에 취해
물고기 이삭을 줍고
일당 일밥으로 배가 불러
개울 뚝에서 고추밭에서 개구리를 잡았다
온 집안 온 동네 대소사 훤한 어머니
밥 짓던 손가락 접고 펴다 멈춘 날이면
어김없이
또다른 여자를 동반한 아비가 온다

부엌 문설주에 기댄 조강지처 어머니는
명년조차 벌써 서러운데
처마 끝
언뜻 떨어지는
낙수 방울
햇살 머금어 두려운
무지개 방울

사마귀

는 따뜻하고 바람 좋은 날
열성이방 창가에서
같은 시간에 부화해서
단지
버러지 몇 마리 먼저
잡았다는 이유만으로
제
형제 자매를 족족 취한다
우성이방 창가에서

불혹의 情

잠결에 아내는 이불을 펄럭인다
창문으로 날아가는 모기
금붕어의 급한 자멱질은
소리 때문일지
냄새 때문일지
형광등은 때맞춰 저리 깜박이는지
실눈을 하고는 멋쩍은 웃음 짓는다

아내의 밉지 않은 소리는
이 밤 내 심심치 않고

어느 낯뜨거운 날의 상념

파리에 달라붙은 개미
맥없이 손가락으로 개미를 비빈다

부슬비 오는 마당을 지렁이가 기어간다
맥없이 구둣발로 지렁이를 밟는다

이슬에 젖은 쌀잠자리 꼬리를 잘라
맥없이 시집을 보낸다

살다가 보니 살다가 보니
이 땅에 내가
개미요
지렁이요
잠자리인 것을

집개미 무리지어 꿀병을 넘나들고
지렁이 어린 동생 고추 끝을 쏜대도
잠자리동동 파리동동 날아들어도

너희들이 나인 것을
내가 너희들인 것을

백XX

잿가루 입에 털어 넣고
쥐약 먹었다고
병 져 누운 애비 욕보이던
후레자식 성옥이가
내 동창 오라비 머슴 사는 성옥이가
홀애비 된 뒤로 술고래 되었다
입 참 더럽다
한 푼 없이 가는 장에 잘도 취해 오더니
밸이 꼬여 주인집 담 너머에 대고 소리 고래 지른다
애숭이보다 명절 여비가 적은 까닭을 주정하더니
급기야 안주인을 들먹이는데
우물가에서 목욕하는 안주인을 보았다며
아마 울 밖으로는 자기만 알고 있는 사실이라며

툇,
삼 년은 재수 없단다

산나물

원추리 새밀 움돋는 산
고사리 고비 도라지 마중하고
칡미리순 오야리순 밀순 가지치는 응달에
잔대 멱취 층층거리 제 빛깔로 여무네
고추나물 우산나물 산두릅 앞산 구릉
고라니 지난 자리에는
더덕싹 마싹 숨죽이고
참취 곰취 등골나물 새새이
삽추 가얌취 뚝갈나물 있어요

목이버섯 만난 운 좋은 날
서방 따라 조상묘에 온 도시 아낙네
산소 주변 맨 천지 나물도 모르는 까막눈이
센 약쑥 뜯으며 물어 오는 말
이거 먹는 것 맞나요?

낮 코

베트남으로
중국으로 재배지 옮겨 간
종자고추 심던 하우스는 찢어진 비닐만 산발이다
품으로 살아가던 아줌씨들은 넋을 놓았다
배 가른 씨 납품하고 남은
누진 고추를 말려 팔러 간 장,
산더미 같은 수입 고추 값으로 내란다
홧김에 빻은 가루 가져 오다
고추장 떨어진 묘동아줌니네도
매운탕 잘 끓이는 복순아줌니네도 퍼 주고
헛대배긴겨 헛지랄인겨, 냅다 코를 푼다
쎄레라 쎄쎄라 쎄라
만수산 드렁칡이 얽힐 테면 얽히라고

빗자루 타고 오르는 수세미덩굴이
한 뼘도 더 자라느라 춤추는
비 내리는 한나절

술값

주막 앞 낙수네 논
모내기는 두레패가 했다지만
비료 뿌려 김매는 날도
어깨 결리도록 농약통 진 날도

셀 수 없는 왕대폿잔에 딸기코 잘 익었다

군둥내 나는 김치 안주
툭 던지고 돌아서는 주모
낙수는 밀린 술값을 생각한다

볼일 없다는 여편네 장에 보내고
쌀자루 주막에 던지면
입 벌어진 주모
금방 무친 겉절이로 막걸리 한 사발 내오고

방아 찧는 날
겨우내 마실 술값 쌀로 떨구면

낙수 의지대로 한 잔
주모가 궁금해 또 한 잔

보리 공판날은 멀기만 한데
여편네는 언제쯤 또 집을 비울는지

낮잠

빤한 동네에 도둑이 들었다고
자린고비 승렬이 아버지 개 판 돈이 없어졌다고
어스렁이* 똥에 맞고 놀라 깨니
내 신발도 가져다 찍힌 발자국에 대보고
심증 가는 아이들 몇 채근하더니
명호가 도둑이란다

이발쟁이 애비는 피를 토하다 공동묘지 중뜸에 묻히고
이발소 드나들던 놈팽이 따라 의붓에미도 떠난 뒤
쪼르륵 배를 달고 살아 별명도
쪼르륵
땡중 살풀이밥도 마다 않던
어린것을 빨가숭이로 칭칭 뼁뼁 묶어서
온 동네를 돌림방시키는데

어랍쇼!
개울 섶에 숨은 승렬이 손에
단팥빵 들렸네

풍선껌 씹고 있네.

* 어스렁이 : 밤나무 벌레로 파란색이며 자라면 큰 누에보다도 크다

땜장이

지난 장에 때운 노랑 뚝 고무신
한 장도 안 지나서 구멍이 났네

고무풀이 아까워서 칠을 덜 했나
땜기계가 덜 더워서 붙다 말았나

기다란 돌멩이 종이에 싸서
짚으로 질끈 동여 물에 담가서

땜장이 지날 때 길목에 놓는다
간수일까 생선일까 궁금하겠지

신작로 돌아서서 풀어 보다가
마을을 쳐다보고 주먹욕 한다

이민우

전자 우편 : homerun100@hanmail.net

저승역

더 이상 경로석은 없다

등이 활처럼 휜 할아버지
전동차 바닥에 주저앉아 신문을 고르고 있다
아예 펼쳐 보지 않은 신문이 있는가 하면
철지난 광고지도 있고
한쪽 모서리가 잘려 나간 생활 정보지도 있다
쭈글쭈글한 손바닥으로 신문의 주름살을 쓸어 보지만
구겨진 생의 여백은 좀처럼 펴지지 않는다
탱탱한 아가씨 늘씬한 몸매 뽐내는 스포츠 신문
애써 외면하려 듬성듬성한 머리칼 쓸어 올리다 흠칫
앞에 앉은 처녀의 허벅지를 훔쳐보고 말았다
헛기침 두어 번, 애꿎은 신문지만 꾹꾹 눌러 보지만
쉽게 접히지 않는 욕망의 갈피
이내 신문을 묶는다
주섬주섬 모은 생의 부피는 이미
지고 갈 무게를 넘겨 버렸다
고단한 어깨 위로 반백의 머리칼 몇 올 소소히 떨어진다

다음 역은 이 열차의 종착역인 저승역입니다

아카시아 아가씨야

봄빛 아리아리한 오월
야트막한 동리 뒷산에서
스무 살 처녀들이 속치마를 벗고 있다. 그걸
산자락 서성대던 초승달이
실눈 가늘게 훔쳐보다가 흠칫
구름 뒤로 몸을 숨긴다

봄바람 기웃거리는 하얀 드레스
수벌 몇 놈 은밀히 치마 속으로 기어든다
그곳에 오아시스가 있다

내일은 꽃비가 내리리라
소리보다 먼저 향기로 다가선
너의 이름 부르면 언제나
숨막히는 울림이, 두근대는 떨림이
샤그락샤그락 옷을 벗는다

아가씨야 아가씨야

미안하다 나무야

종이에 손을 베었다

내 시집 한 권을 펴내기 위해
몇 그루의 나무가
북망산을 넘었을까

먼지 낀 행간 마디마디에
나무의 흐느낌이
이슬처럼 달려 있다

차라리 어느 집
아랫목 지글대는 땔감이 되어
살결 뽀얀 산모의 허리춤이라도
자근자근 주물러 주지 그랬니
미안하다,
나·무·야

뿔

소는 순하다
사슴도 순하다
양도 염소도 기린도
그런데 뿔이 있다
괜히 한번 툭 건드려 보고 싶은
무섭지도 않은
뿔

초식 동물에게만 뿔이 난다지
근데 왜 내겐 뿔이 없는겨
나도 채식을 좋아하는디

오늘따라 잦은 되새김질
내 시에도 뿔이 나려나
머리카락 들먹이던 설익은 고백
그 말랑한 뼈마디

헉,

엉덩이에

대나무는 나이테가 없다

대나무는
나무일까 풀일까

죽순을 보면 모르니
하루에 일 미터나 쑥쑥 자란다구
단단한 줄기에 다년생 식물이니
나무야 나무

아니지, 나이테가 없고
속도 비었잖아
게다가 마디까지
풀이지 풀

아이 참,
나무면 어떻고
풀이면 어때
내장을 다 비우고도
백 년이나 사는데

바람개비

나이테는 나무의 이력서다
나의 이력서는 이마의 주름, 아니
가슴의 얼룩

추운 겨울을 지낸 나무는
나이테가 뚜렷하지만
일 년 내내 자라기만 하는
열대 지방 나무는 나이테가 없다고

아프리카 열대 나무로 화살 만들어
큐피트의 화살을 쏘았더니
그 화살 부메랑 되어 되돌아와선
가슴팍 문신 같은 바람개비 되었다
바람 불지 않아도
팔랑팔랑 돌아가는

엉뚱한 상상

인천 지하철 동막행 전동차 안
긴 생머리 아가씨
털북숭이 애완견을 어르며
사랑에 빠져 있다
쓰다듬고 입맞추고
녀석, 컬러 염색에 매니큐어까지 발랐구나
개 팔자가 상팔자로고

문득, 나 어릴 적 쟁기 끌던 황소 한 마리
전동차로 들어선다
그래 여기가 외양간이다
이건 다 여물이고

전동차가 멈춘다, 어느 새
다시 전동차를 끌고 가는 황소
그 뒤로 길게 일어선
밭이랑

찜질방

여기는 전쟁터
패잔병 포로수용소
하얀 군복을 입은 병사들이
줄줄이 널브러져 있다
발목에 수갑을 차고
온몸에 소금 피를 흘리며

뭍에 올라온
고등어 몇 마리
들숨 날숨 퍼덕이다 이내 잠잠해진다

죽었나?

구두 한 켤레

당신을 처음 만났을 때 나는 맵시 고운 여인이었지요
오뚝한 콧날에 매끈한 허리선을 가진,
당신도 나를 꽤나 이뻐해 주셨어요
통통한 두 볼에 영양 크림 발라 주고
옷고름 풀어질라 다독여 주고
당신 발 폭 따라 내 허리춤 늘어나고
뒷굽 구겨지듯 콧대마저 내려앉아 휴 이젠 정말
허름할수록 편안한 구두처럼

부부란 게 뭐 그런 거 아니겠수
만취한 술집에서 제 신발 찾을 수 없을 때
이 신발 저 신발 신어 보다가
그래
이거구나 싶은

10년 전, 10년 후

새색시 시집 와 김장 서른 번 버무리면
가 버리는 인생

10년 전 내 꿈은 밑둥 알찬 알타리였어
맛깔스런 총각김치가 되고 싶었던 거지

무청 숭숭한 지금은 양념 맛으로 먹는 깍두기야
그 많던 꿈들도 싹둑싹둑 잘려 버렸어

10년 후엔 아마 무말랭이가 되어 있겠지
시래기랑 마당에 누워 늦가을 저녁 햇살이나 까붐질하며

이혜민

전자 우편 : sisori@hanmail.net

저, 어머니

물 속 깊이 담근 아랫도리를 외연도*는
조금 때도 사리 때도 도무지 드러낼 줄 몰랐다
아찔한 속살까지 들여다본 나는
울렁거리는 가슴을 해변가에 토악질해 댈 뿐

구석구석 썩어 버린 몸을 뒤집어
등창 진물에 손 넣어 본다

이따금 살아 있는 혼령들이 꿈틀꿈틀
뒤 한 번 힐끗 돌아보고는
꿈쩍도 하지 않는 가없는 수평선을 밟으며 떠나갔다
붉은 바닷물의 해조음 소리, 점점
다가오는 저승사자 발자국처럼 들렸다

그만 일어나 보세요 눈 한 번 떠 보세요
아랫목 방바닥 같은 바다에 길게 누워
빛이 사라진 안개 속에서 표류하던 외연도는
철 이른 마파람에도 썩은 뻘냄새만 밀어 올렸다

새카만 똥덩어리 같은 섬 하나,
그 차갑고 깊은 바닷물 속에 둥둥 떠 있다

* 외연도 : 서해 끝에 위치한 섬

겨울비

오늘밤도 그대는
내 작은 비닐우산 위에서 팔팔 뛰고 있네요
막무가내로 찾아와
그렇게 두드리면 어떻게 해요
그렇게 보채시면 어떻게 해요
머리로 온몸으로 진한 눈물로 당신은
내 속에 들어오지도 못한 채 부딪치다가
종내, 급한 여울을 만나겠지요
내 몸 속이 더 아파요
얼어 오는 발등을 더듬으며
애먼 땅바닥을 걷어차며 웁니다 그래요
오늘처럼 겹겹으로 포위당한 나는 어쩌면
이미, 날마다 흠뻑 젖어 있는
완벽한 당신의 또다른 그림자일지,
누가 알아요

저 직선의 비가
온몸으로 이고 갈 우리의 시간인가요?

알집

언제나 서 있는 내 안의 한 그루
성장이 멈춰 버린 미루나무 있지
손꼽을 수 없이 많았던 집, 눈물의 집
종이배에 띄워 버린 낙서에도
공책마다 침 발라 쓴 일기장에도
하늘에다 그려 놓은 그림 속에도
나비알 슬 듯이 촘촘 슬어 놓고 더러는
또르르 말아서 깊이 삼켜 버렸지
별이 질 때까지 소쩍새 울음 타고, 세월
거슬러 올라갔고 달 뜨는 날이면
귀뚜라미 등에 업혀 하늘만큼 크리라
미루나무 잎새 뒤에 앉아 혼자 놀았지
눈동자 말갛게 익어 가던 너는 없는데
벗어 놓은 구 문 반 고무신 속으로
네 몸 칭칭 감은 먼지 낀 시간이
거미줄에 걸려서 팔딱거렸지 그랬지
넌 언제나 거기에 있었지
어쩌자고 꽃고무신 꽃잎만 움찔거릴까

스크랩 4
―하이에나

피비린내 코끝으로 흘러드는
돼지 잡는 날이면 어김없이 정육점 앞에
어슬렁어슬렁 나타났다
물비늘 팔팔 뛰는
새벽 수산물 시장에도 기웃거렸다
어떤 날은 닭집에
털 뽑기 무섭게 들이닥쳤다
그도 저도 만만치가 않을 때는
산으로 들로 강으로 쏘다녔다

주린 배 닥치는 대로 채우던
험상궂은 만복 씨 얼굴
부랑자 시절 만나 마음잡아 준
사진 속에 있는 그 아내가 내려다본다
여보, 이젠 날고기 먹으면 큰일나요

당신마저 죽으면 저

쥐똥만 한 딸년은 또 어쩔라우
그 사진 쳐다보며 만복 씨
하루에도 몇 번씩 속다짐을 하지만
며칠 참지 못하고 또다시 뛰쳐나가 킁킁,

맛있기로는 새콤달콤 불개미가 최고라 했다
영양가로는 굼벵이 따라올 게 없다 했다
개구리는 그냥 꿀떡, 삼킨다 했다
목구멍 블랙홀로 빨려 들어가면서 찔끔 싼
그놈의 오줌맛이 가히 일품이라 했다

보리수나무 왈

가시 돋친 손 가지런히 모아 합장하던 모시풀이
헛바닥으로 보리수나무 허벅지를 더듬어 본다
여기가 연옥인가 극락인가
보리수나무는 순간 몸을 떠는가 싶더니
꿈결인 양 모르는 척 헛기침을 눕힌다

보리수나무는 모시풀에게 온몸을 맡기고
죽은 듯 땅바닥에 머리를 처박고 있다

앳된 비구니, 무심히 낫을 휘두르기 시작한다
보리수나무 목을 휘감고 있는 환삼덩굴이
그녀의 양 손에 한 움큼씩 쥐어졌다가 버려지곤 한다
연신 굽실거리고 있는
외따로 남은 보리수나무는 돌아온 파계승 같다

나무아미타불 관세음보살
도로아미타불 관세음보살

밤송이 (3)

내가 유영하던 어머니 자궁 속,
수천 뼈마디 열고 있는 밤송이를 보면서
내 첫 울음소리를 듣는다
여물지 않은 발톱까지 힘 모아
그 캄캄하고 좁은 질곡을
어떻게 헤집고 건너왔는지
남의 집 사랑방 멍석 위에서 시작된
첫, 세상살이의 내 시련은 지금
삶의 소용돌이 속을 어디쯤
지나가고 있는 것인지, 다가올
운명을 어찌 가늠도 해 보지 못하면서 나는

툭, 첫울음을 풀섶에 떨어뜨린 채
체온도 식지 않은
따뜻한 알밤을 손바닥에 올려놓고
작은 핏덩어리, 내 육신을 들여다본다

미친 대추나무

누구도 모르게 품은 연정을
오래 된 나이테에 새겨 넣던 대추나무
하루 아침에 밑둥까지 싹둑, 잘렸다
남겨진 뿌리엔 녹슨 못이 옹이처럼 박힌다

집 안 대추나무가 미치면 되는 일이 없는 법이제,
제사 때 쓰고 남아 굴러다니는 대추알같이
쭈글쭈글 늙은 아비는 망치질 하다 말고
뼈 있는 한 마디 대추씨처럼 뱉어 낸다

녹물 뒤집어쓴 멀쩡한 대못이
반쯤 들어가다 말고 휙,
달라붙던 그 백여시같이 몸을 튼다
때리면 때릴수록 독기 묻은 불똥 번뜩거리고
살기 어린 쇳소리가 쨍쨍, 담장을 넘어간다
만나서는 아니 될 연인가
들어가지도 나오지도 않고 앉아 앙탈이다

발가벗은 채로 뛰어나온 낮달도 화들짝
구름 뒤로 숨어 버리는 뻥 뚫린 대낮,

이등병의 편지

은행나무는 강제로 다른 나무들 한 발 뒤에 옮겨졌다.
바람이 불었다.

먼저 나온 이파리 뒤통수를 붙잡고 선 작은 잎들, 우향
우 좌향좌 앞으로 갓 뒤로 돌아갓 늦은 봄날의 각개 전
투 훈련이 시작됐다. 이리 굴리고 저리 채이길 얼마나
했는지, 온 몸이 찢어지고 진물이 흘렀다. 그 찢어지다
만 외눈에 하필, 왕거미 날카로운 발톱이 움푹 들어와
박혀 어린아이 같은 영혼마저 마른 등가죽같이 타 들어
갔다. 삼 일 밤낮 아슬하게 지켜보던 햇살이 급기야 소
리를 질렀다. 넌 수놈이니까 뭐든지 할 수 있다 알았나!
흘러내리는 한 방울의 땀도 종합 비타민처럼 씹어서 삼
켰다. 그러자 놀랍게도 생살 같은 싹들이 온몸을 뚫고
앞다투어 얼굴을 내밀었다. 놀란 바람도 다칠세라 조금
조금 어루만져 주었다.

정녕, 저 녀석도 올 가을엔 계급장이 황금빛으로 바꿔
질 것인가

변비증

사립문 옆에 돌아앉은 뒷간에는 한낮에도
쓱쓱 싹싹 몽당 빗자루 귀신이 살았었다
어릴 적 볼일 볼 때마다
호롱불 들고 따라와 서 있던 어머니,
품앗이 갔다 온 날 밤에는
애야, 오늘은 아무 데서 본나
문 열어 놓고 앉아 망을 보는 척했다
빨간 눈 굴리고 있는 토끼장 옆에서
치마를 내리고 앉아 있으면

마당 가 옥수숫대 건들거리는 소리 들리고
반딧불이 여기서도 번쩍 저기서도 번쩍
산 그림자는 늑대처럼 어슬렁 내려왔다
어무이, 방문 닫은 거 아니제
그때 외양간 쇠방울
갑자기 흔들어 대는 소리에 나는 그만
허리춤 놓고 신발 신은 채
봉당에서 쿵 마루에서 꽝 넘어졌다

쫓아오던 그 많은 귀신들보다
이 오살할 년 밤중마다 뭔 짓이여,
벼락같이 불호령을 치던
내 아버지가 혹, 의붓아비는 아닐까
이불 쓰고 숨죽인 나를 더 으스스하게 했다

노간주나무 울타리 속 그 아버지,
차곡차곡 내 안에 덩어리로 쌓여
하루에도 서너 번씩 끙끙, 변비를 앓게 한다

반자동 세탁기

오래 전부터 대소변 받아 내는
아버지 후줄근한 고쟁이
지쳤는지 숨어 버리고
저 혼자 훌쩍거리며 자원 입대한
큰아들이 부쳐 온 속사정 많은 옷들은
돈 벌 거라며 책가방 던져 버린 막내놈
뻐신 윗도리 멱살 잡듯 움켜잡고
보다 보다 훌러덩 뒤집어져
기운 자국 가난처럼 붙어 있는
어머니 몸빼바진 아예
사이비 종교에 빠져 잠결에도
천당 지옥 천당 지옥 외쳐 대는 마누라
비로드 후레아 치마 속으로 들어가
눈 부라리면서 교주 행샐 하고 앉아
여기도 찔끔 저기도 찔끔
죽자 사자 움켜잡고 간섭하고 진액
한 방울까지 더 비틀어 짜내며
씽씽 돌고 돌고 돌더니 투덜투덜

멈추지 않을 것 같은 내 푸념처럼
픽, 몸을 바로 세웠다
언제 그랬냐는 듯이 멈췄다

나도 힘들어!
누가 내 멈춤 좀 눌러 줘요

정복순

전자 우편 : pokpo1000@hanmail.net

시화호

손가락 세 개를 잘린 사내가 있다

금형 절단기에
오수만 가득 찬 먹빛 지문을 버린

벌겋게 취한 눈자위엔
철새 한 마리 날아들지 않는

썩은 물을 다 토해 내고서
피가 되고 살이 되고서

살아남아
오른손 엄지로 다시 꿈틀대는
간석지의 사내가 있다

속도는 관념을 고정시킨다

모른다 어디로 달려갈지
두 점이 찍힌 까만 공
탕, 튀길수록 뜨거워진다
속도는 더욱 빨라진다
그 순간, 마음은 조급하다
라켓을 든 손과 발은
공의 방향을 쫓아가지 못한다
탕, 탕
정확하게, 길게, 짧게
때려라, 빨리, 여유롭게
끝까지 놓치지 마라
서두르면 기회를 놓친다
쳐라, 예측하라, 점령하라, 뛰어라

그러나 잠시,
멈추어라, 기다려라
속도는 질주가 아니다
텅, 터엉, 터어엉, 텅……

나는 절대로 가출을 희망하지 않는다

나에겐 신발이 없다
현관에 나란히 벗어 놓은 흙냄새나 풀냄새를
탐구하며 바깥세상을 추리한다
나에겐 침대가 없다
어느 구석이나 소파, 내 몸을 눕힐 수 있는
모든 곳이 잠자리다
나에겐 내가 먹고 싶은 만큼 먹을 권리가 없다
아침 일찍 혹은 늦은 저녁
정해진 분량의 두 끼만을 먹어야 한다
주는 만큼 먹고 허기져도 참는 법을 배워야 한다
나는 눈물을 흘릴 수는 있으나 닦을 수는 없다
똥을 쌀 수는 있으나 치울 수는 없다
나의 모든 것은 노출되어 있으며
숨어 있거나 은폐될 수 없다
야한 위성방송을 시청하며 낄낄거릴 수
없다, 없다는 나의 모든 생활이다
나에게 없다는 있다이다
나는 소리를 해독한다

듣는 것만으로도 세상의 발자국을 따라잡을 수 있다
냄새만으로도 피곤한 그들만의 리그가
배회한 곳을 알아낼 수 있다
내가 눕는 곳마다 침대가 된다 휴식이 된다
모든 것은 내 마음대로
자고 싶으면 자고
먹기 싫으면 굶어도
누구 하나 잔소리하거나 꾸짖지 않는다
낮잠을 즐기며 햇살을 박박 긁어 대거나
코를 곯아도 아아 정말이지
집 전체가 내 세상이다
내가 끌고 다니는 시계는 나만의 시계이다

뻘 속의 길

꺾어진 허리춤에 빨간 고무 다라를 묶고
뻘에 온몸을 맡긴 채 기어가는 아줌마들,
지금 썰물 중인 바다를 따라가고 있다
기어가는 자국이 그대로 생이 되는 길
조개를 캐는 잔등에 묻은 뻘이
그녀들의 비늘인 듯 반짝인다

힘주면 줄수록 더 깊이 빠지는
뻘판에 처박힌
소주병 같은 사내가 있다
직립을 고집하다
패총이 된 둘째오빠,
인간들 사이에는 뻘이 있다

오늘 뻘 속 텅 빈 구멍에
내가 박혀 있다
다라를 몰고 다가오는 아줌마들에게
꽃발게처럼 뽑혀 가고 싶다

밀물 후면 흔적조차 없을 뻘밭을

취한 사내 하나가 가고 있다
그도 적당히 기어야 한다는 것을
알게 되리라 뭍의 뻘밭에는
다라를 밀고 기어다니는
아줌마들이 없다

수직(守直)

로프에 매달려 허공에 도전하는 그를
암벽의 직각이 차갑게 밀어낸다
누구의 발길도 닿지 않는 극단
그곳이 닿아야 할 목적지다

칼날 능선을 타고 바람을 피해
무거운 마음도 내려놓고
몰입의 발자국을 찍을 때
수직은 제 몸을 낮추어
서서히 능선이 된다

얼음 절벽에
발톱을 박고 우는 새
만년설 거벽 깊숙이 울음을 새겨 넣고
드디어 침묵의 화석으로 눕는
절정(絶頂)

모든 의지는 수직과 대면한다

넘어뜨려서는 안 되는
타고 오르면 수평이 되는
도전이 내 앞에 있다

모과나무

광주리 인 여자가 걸어옵니다
해거름에 긴 그림자 뒤뚱거리며
납작한 콧등에 네모진 얼굴
축 처진 젖가슴 보이지 않아도
런닝구 땀내 배인 바람이 먼저
울타리를 넘어오는 봄밤,
젖내보다 더 끈끈한 기다림으로
달이 뜨면 달빛이 살 속으로 파고들어
알몸이 움트는 소리 들립니다
어둠도 달디단 열매가 되고
주렁주렁 매달린 여섯 자식들 품어
구석구석 터진 뱃살의 흉터 지니고도
향기로운 한 그루 몸
별들이 촘촘히 박혀 눈물 자국처럼
얼룩진 못생긴 여자
어 머 니

어금니 한 개의 비밀

차가운 새벽달처럼 여위어만 갑니다
비단 항라치마 오색 색동저고리 속에
제가 남긴 유언은 밀봉되었사옵니다
저는 버선에 새겨진 꽃잎에도 떨리고
쪽배에 출렁이는 바람 따라 떠나고 싶은
열여덟 미완의 나이랍니다
여긴 밀서에 쓰인 먹물처럼
제 물기를 다 빨아들이는 곳,
왕은 이제 정한수 빈 그릇처럼 차갑기만 합니다
제 몸은 아직도 아궁이처럼 타오르는데
제 불두덩에는 자꾸 재만 쌓입니다
전하, 저는 빛 한 줌 만질 수 없는 이 어둠을
살아 눈 뜬 채 삭아지는 저를
저주하고 있사옵니다
제가 죄 많은 년이지요
당신 곁에 있어야 할 제 운명이 죄가 많지요
하여, 당신 손길이 닿았던
제 몸의 지문을 다 지우고 싶사옵니다

굴곡진 어금니로 죽어서도
순장(殉葬)을 씹고 또 되씹을 것이옵니다

공주박물관 유리 상자 안
무녕왕릉, 수종(壽終), 대부인(大夫人),
한 개 어금니로 달랑 남아 빛나고 있다,
녹슬고 있다

등

깊고 아늑한 것들은 휘어져 있다
여섯 자식을 업어 길렀던
따뜻하고 축축한 능선
된서리 그늘진 세월 속에
연두의 촉대는 올라오고
초록의 환한 그늘 출렁이는 골짜기엔
양지와 음지가 더불어 미물을 품고 있다
나무 열매를 쪼던 새들이
씨앗을 퍼뜨린다
덤불 속에서도 향기를 품은 야생화
나무들은 뿌리를 더 깊이 내린다
산허리는 구비구비 에돌아 휘어지고
보일 듯 말 듯 굽어 드는 오솔길
산비탈은 오르는 발아래 능선이 된다
침엽수는 날카로운 촉수를 키우고
활엽수는 은유를 말하는데
큰 나무 아래 낮게 엎드린 후계목들
손발에 물기를 머금고

오체투지의 푸르름을 더하고 있다
심호흡을 하며 산을 오르면
산이 나를 업어 준다
무덤의 봉분을 안고 누워
어머니의 등에 업혀 본다

월남뽕 (1)

뜨거운 여름 이겨 보자고
보신탕에 소주 몇 잔씩 걸치고
육남매 국방색 미제 담요 위에
알록알록 판을 펼친다
머리 숙이고 등 구부리고 앉으니
둥근 원이 된다
열두 패 중 두 패를 들고서
운좋은 몽땅을 고대하며
오빠 언니 형부 올케, 한덩어리로 뭉쳐 있다
수북이 쌓인 백 원짜리 동전 마냥
눈동자들 굴려 가며 눈칫밥을 친다
큰형부는 패를 돌리며
스리슬쩍 동전 몇 개 손끝으로 끌고 가고
환갑을 넘긴 큰오빠는 다 잃어 줄께 몽땅 따 가,
주름 패인 얼굴에 쓰윽 웃음만 그득하고
둘째 오빠, 언니는 이쪽저쪽 가늠하며
배짱좋게 판돈을 늘려 가고
막내인 나는 눈치만 살피며

패가 꼴린다고 투정을 부린다
나처럼 구경도 하고 돈도 벌지,
뒷전에서 고리만 뜯는 큰올케는
찐옥수수만 연신 먹어 댄다
한판으로 싹 쓸어 버려,
막내오빠와 남편은 소주만 축내며
화투판에 끼지도 않은 채 으름장만 놓는다
오십 줄에 독수공방하는 둘째 오빠도
사주팔자에 없는 남편을 셋이나 둔 둘째 언니도
화투장을 들고 앉아 그저 신나게
운수 대통을 점치던 복(福)날,
제 고단한 신세들을 잠시 놓아 버린
육남매의 뜨거운 한판 뒤집기

축(軸)

햇살과 바람을 흔들어 깨우는 그네
아이가 까르르 차오르고
내가 어머니가 할머니가
천년을 쿵쿵 건너가는 널[栖]

그네를 매단 나무들이
뿌리와 잎을 거두고
껍질도 버리고
구르는 발길 따라
지축을 울리고 있다

혼자서 그네를 타다가
둘이서 널을 구르다가
균형을 잃었을 때
한 자씩 더 몸을 깊이 눕는 땅
한 자씩 더 품을 내주는 하늘
그네 위에서 하늘이 웃는다
널 아래서 땅이 웃는다

나도 따라 웃다가 울다가

이 위험한 경계

처음 찍은날 · 2004년 12월 5일
처음 펴낸날 · 2004년 12월 9일
지은이 · 시와 색 동인 (강정숙 외)
펴낸이 · 송영현
펴낸곳 · 살림터
주소 · 122-806 서울시 은평구 갈현동 355-22
전화 · 02-3141-6553 (대표)
전송 · 02-3141-6555
전자우편 · sltslt@chol.com
신고번호 · 제313-1990-000007호 (1990년 5월 15일)

제판 · 으뜸애드래픽
인쇄 · 해성인쇄
제본 · 길성제책

값 6,000원

ⓒ 강정숙 외, 2004

▶ 잘못된 책은 바꾸어 드립니다.
▶ 지은이와 협의하여 인지를 붙이지 않습니다.
▶ ISBN 89-85321-83-8 (03810)